POÉSIES POPULAIRES

inédites

LA
PATRIE AVANT TOUT

FRANÇILLE

HISTOIRE NIÇOISE

Par JACQUES FONTAINE

Édition revue, corrigée et augmentée par l'auteur

NICE

IMPRIMERIE NIÇOISE, ASSOCIATION OUVRIÈRE, VERANI ET COMPAGNIE

Boulevard du Pont-Vieux, 32.

1875

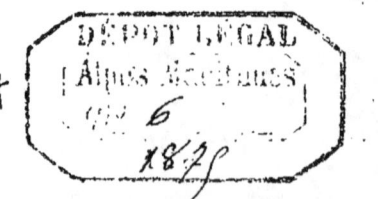

LA PATRIE AVANT TOUT

Les guerriers de la France, au teint frais et vermeil,
Savouraient les douceurs d'un paisible sommeil
Plein des rêves dorés de leurs exploits antiques ;
Quand ils furent surpris par des flots germaniques
De soldats affamés des immenses trésors
Du peuple le plus grand qu'on eut vu jusqu'alors
Se parer d'une gloire admirable et féconde
De produire le bien sur la face du monde.

Ni les Juifs, ni les Grecs, ni les Carthaginois,
Ni les vaillants Romains, ni les nobles Génois,
N'avaient vu leur patrie aussi fièrement belle
Que pouvait se flatter, notre France immortelle,
D'être, le jour fatal où, le vent du malheur
Rendit nulle la force et la rare valeur
De ses fils reconnus jusqu'au bout de la terre
Comme étant les premiers vaillants hommes de guerre.

Leurs noms, dans tout pays, rien qu'à leur seul aspect
Avaient la gloire d'être entourés de respect,
Et, pour un peuple seul, on eut vu l'impossible
De fléchir un rival cité comme invincible,
Ayant pour bisaïeux : les Brennus, les Bayard,
Les Condé, les Turenne ainsi que les Jean Bart,
Les Marceau, les Kléber, les Lannes, les Cambronne
Et des milliers d'enfants de Mars et de Bellone
Courbés pompeusement sous les brillants fardeaux
Des lauriers recueillis aux pieds de leurs drapeaux.

Est-ce la trahison ? Est-ce l'imprévoyance,
Leur nombre, leurs affûts, la prompte vigilance
Qu'ils mirent à frapper sans que nous fussions prêts,
A barrer le chemin de leurs honteux succès,
Qui leur donna chez nous ce flot de vaine gloire
Imprégné des trésors produits par la victoire ?

Oui ! cela, l'égoïsme, un farouche destin
Unis au châtiment d'un Maître Souverain
Nous ont valu l'affront incrusté dans notre âme
En traits mêlés de sang, de poison et de flamme,
Dont le souvenir seul nous brûle nuit et jour
Pour nous faire tirer vengeance à notre tour
Des pillards acharnés sur nos terres fertiles ,
Nos temples, nos jardins, nos palais et nos villes.

L'armée, après avoir versé son sang à flots,
A nos gémissements a mêlé ses sanglots
Et, des chefs aux soldats, tous écument de rage
De mourir, s'il le faut, pour réparer l'outrage
Fait à nos étendards, à Metz, comme à Sédan
Par des hommes jaloux de plaire à ce tyran
Envieux d'immoler notre belle patrie
Lui prenant cinq milliards pour lui laisser la vie.

Ils auraient dû savoir qu'il est un Dieu vengeur
Pour punir, ici bas, le cruel oppresseur
Resté sourd à la voix faible de la souffrance ;
Aussi, nous caressons la suave espérance
De revoir les beaux jours où ces gens à genoux
Nous disaient, en pleurant : Ayez pitié de nous,

Magnanimes guerriers à l'âme généreuse.

Alors, dans sa grandeur, la France fut heureuse
De se faire bénir par l'ennemi vaincu
Qui, pour notre malheur, n'avait que trop vécu.

« O puissance des Cieux de votre main bénie
« Donnez-nous les moyens, la force et le génie
« Suffisants, pour briser, en un seul coup de main
« Le casque du premier jusqu'au dernier Germain
« En armes sur le sol des superbes domaines,
« Où, nos frères chéris, gémissent sous les chaînes
« D'un sceptre tyrannique et qui veut chaque jour
« Nous arracher des cœurs épris de notre amour,
« Et, désireux de voir le Rhin sur nos frontières
« Mêler son roulement au bruit de nos prières.

« Tel on voit un vaisseau blotti sur un rocher
« Tenu par une dent pénible à décrocher
« Donner par sa valeur la force et le courage
« A tout le personnel de son triste équipage,
« Essoufflé, réuni, dans un suprême effort
« Pour sauver le navire et le mener au port ;
« Tel malgré les tourments, les malheurs qui le brise
« On le voit réussir dans sa noble entreprise ; »
Tels, nous devons agir comme ces matelots
Pour triompher, comme eux, de la fureur des flots
Roulés sur notre sol par la vague allemande
Dont la masse perfide entoure la Hollande,
Et semble se grossir d'un monde convoiteur
Que ne peut arrêter qu'un grand triomphateur.

Aussi, pour accomplir une si lourde tâche,
Nous devons nuit et jour travailler sans relâche,
Exciter nos enfants au mépris éternel
De tout ce qui n'est pas beau, juste et solennel ;
Leur montrer qu'il n'est rien au-dessus de la gloire
De sacrifier tout pour avoir la victoire ;
Leur dire que la fin d'un glorieux trépas
Nous donne la faveur de revivre ici bas,
Et pour toujours, alors, d'une nouvelle vie
Au milieu des grandeurs même de la patrie,
Sous l'œil du Tout-Puissant dont la douce équité
Nous place auprès de lui pour une éternité.

Qui n'aime la patrie à l'égal de son âme
Ne porte dans ses flancs que le cœur d'un infâme
Prêt à vendre, à trahir, à livrer tour à tour
Le vénérable objet du plus sublime amour
Qu'un grand homme, ici bas, grave dans sa mémoire,
J'en appelle à tous ceux insérés dans l'histoire
Dont le nom illustré s'écrit en lettres d'or
Et se répétera dans dix siècles encor
Sur ce beau ton viril réservé pour nos braves
Placés dans les tombeaux recueillis dans les caves
Des temples dédiés à l'immortalité
Ou de ceux dont on lit : Il mourut regretté
Du peuple et de tous ceux dont l'âme est attendrie
A la perte d'un être aimé de la patrie.

Un homme, au front de fer, à la face vermeille
Marchait un jour pensif, sur le sol de Marseille,
Ayant à ses côtés un ange aux yeux aimants

Fait pour anéantir l'ardeur de ses tourments,
D'autant plus que cet ange était une déesse
Vertueuse, adorable et pleine de tendresse
Pour le noble mortel épris de ses appas,
Mais, non moins désireux de la voir au trépas.

Comment, me dira-t-on, une femme si belle
Ne pouvait adoucir la rage criminelle
D'un soldat dont l'amour dominait les exploits
Au temps délicieux où, de sa douce voix,
Il disait tendrement à cette infortunée
Qu'il mourrait, s'il passait une seule journée
Sans la voir souriante, assise auprès de lui,
Lui donner cent baisers pour preuves à l'appui
D'un amour mutuel affirmé par sa dame
Dont les attraits chéris s'enlaçaient à son âme,
Et devenaient son Dieu, son trésor, son soleil,
Même aux tendres instants consacrés au sommeil.

Elle, lui répétait. sur un ton bien sonore :
Mon cher, mon bien-aimé, tu vois que je t'adore,
Que ton sang est mon sang, que tes yeux sont mes yeux
Et que d'être avec toi, c'est le bonheur des cieux ;
C'est goûter les transports des suprêmes délices
Acquises dans le Ciel par mille sacrifices
Faits par tous les élus admis dans le séjour
Ebloui de l'éclat d'un Dieu tout plein d'amour.

Ces mots le rendaient fou, son âme était ravie,
Et sa bouche disait à l'astre de sa vie :
O laisse moi t'aimer, te mordre, te manger

Et que j'aille en enfer si mon cœur peut changer.

Puis, par mille serments, il jurait sur sa tête
Que de tout l'univers il ferait la conquête
S'il fallait obtenir le bonheur à ce prix
De plaire à la beauté dont il était épris.

« O la femme est un ange et mérite qu'on l'aime
« Avec le feu brûlant d'une tendresse extrême,
« Mais, il faut à son tour que sur son chaste front
« On n'y dévoile rien pour nous faire l'affront
« De nous rendre confus et timide à la vue
« Du public s'il paraît nous passer en revue
« Riant de notre vie empreinte du dégoût :
« Miéux vaudrait la savoir morte au fond d'un égoût»,
Car, le plus grand malheur de notre destinée
Est celui de la voir vivre et déshonorée
Près d'un monde assez bon d'ensemencer des fleurs
Sur le chemin honteux des cuisantes douleurs
Du malheureux mortel dont la femme succombe,
Entraînant avec elle au milieu d'une tombe
Un aïeul, une mère et souvent un époux
Sacrifiez pour elle, et terrassez pour vous
Impudiques maudits, immondes détestables ;
Si grands que vous soyez vous êtes méprisables,
Comme le scélérat armé de son poignard
L'est, gonflé des instincts du cruel Dumolard
D'odieuse mémoire et dont la jouissance
Etait de voir couler le sang de l'innocence,
Apprenez, de ma part, que tout homme d'honneur
Loin de perdre une femme en est le protecteur.

Quoi ! lâches inhumains ! les pleurs de vos victimes
Ne vous arrêtent pas dans l'ardeur de vos crimes ;
Mais, alors, les lutins écumants de courroux
Sont des êtres cruels moins féroces que vous
Unissant vos serments, la ruse, la prière,
Pour faire empoisonner une famille entière.

La source des torrents de la Guadiana
N'avait la pureté du cœur de Vanina
Quand son époux lui dit ces deux mots à l'oreille :
Entrons dans la maison que j'habite à Marseille,
Là, je te parlerai de tout ce qui m'aigrit.

O mon Dieu je t'en prie au nom de Jésus-Christ
Dit-elle, parle-moi de ta voix doucereuse
Du mal que je t'ai fait pour n'être plus heureuse
D'entendre les échos de cette même voix
Si rude en ce moment et si tendre autrefois,
Quand, dans cette cité, fraîchement embellie,
Tu disais me trouver toujours jeune et jolie.

Suis-moi ! te dis-je encor, répétait le héros
Plein du sombre courroux exprimé par ces mots.

Un héros, cet humain ! ce bourreau ! ce barbare !

Oui ! cet être doué d'un mérite bien rare
Éclipsait les vertus de l'immortel Brutus,
De Vercingétorix et du vaillant Brennus.

Quel crime a-t-elle fait cette épouse chérie
Pour ne pas émouvoir de son âme attendrie
Le cœur d'un être aimé d'un amour sans égal,

Ou le faire changer de son arrêt fatal,
D'accomplir, au plus tôt, dans cette maison sombre :
Résidence où la mort semble loger son ombre
L'implacable serment de pendre ou d'étrangler,
Sans que rien, de ceci, ne puisse l'ébranler,
Celle dont les cheveux flottaient sur les épaules
Quand d'une voix vibrante il lui dit ces paroles :
Au nom de la patrie, au nom de mes enfants,
De l'honneur, de la gloire et des cris étouffants
Comprimés dans mon âme et dont mon sang pétille
En songeant au mépris entré dans ma famille
Meurs traître ! meurs infâme ! infectueux poison !
Meurs ! puisque tu n'a pu vivre dans la maison
Jalouse d'abriter l'orgueil de mes pensées,
Mes rêves, mes trésors, mes amours insensées,
Et ne supposes pas m'attendrir par des pleurs
Impuissants à calmer le feu de mes douleurs.

Grâce ! pitié pour moi ! Sampiétro, lui dit-elle,
En lui montrant des yeux mouillés sur leur prunelle,
Et fait pour captiver les regards amoureux
D'un mortel plein de sève et fait pour être heureux.

O mon ami sois bon, pardonne, j'étais folle,
Furent les derniers mots que sa douce parole
Exprima sur la terre et qu'un homme irrité
Entendit sans faiblir, muet à son côté
Roulant avec regret, la belle chevelure
Autour du cou mignon de la belle nature
Energique et soumise à ce moment surtout
Où, serrée, on lui dit : La patrie avant tout !

8 janvier 1875.

JACQUES FONTAINE.

FRANÇILLE

Eloignez-vous drapeaux, clairons, tambours, trompettes,
Guerriers ambitieux, et vous dont les tempêtes
N'arrêtent pas l'élan sur la vague, en courroux,
Pour aller acquérir un brin de métal roux,
De fragiles grandeurs, des lauriers, des blessures,
Des chagrins, des soucis, et toutes les tortures
Que l'on souffre au lointain sous un soleil brûlant
Et sous la froide bise où vos pieds, se gelant,
Laissent paraître à nu les os de vos doigts frêles
Pour doter vos vieux ans de souffrances cruelles,
Où, l'ennui, les regrets, sans cesse entrelacés
Vous reprochent le temps de vos beaux jours passés.

Loin de moi chicaneurs, demeurez à vos places,
Moi, joyeux, dans mes champs, je ne veux d'autres grâces
Que celles d'y couler le reste de mes jours
Près de mes bœufs, des fleurs, des fruits et des amours
  De ma jolie et fraîche Blondinette
  Au doux regard timide et gracieux,
  Aux dents de nacre, à la taille bien faite
  Comme l'avait Vénus allant au cieux.

Fou de chérir l'espoir de se rendre l'esclave
De la douce colombe, à l'haleine suave,
Dont il avait grandi la sensibilité,
L'heureuse illusion et l'amabilité
  Il la guettait sans cesse,
  S'attachait à ses pas
  Et, rempli de tendresse
  Il lui disait tout bas :
  Je t'adore, aimons-nous ma belle
  Cela charme, ne coûte rien

Et prouve qu'on n'est pas rebelle
Au désir de faire le bien.

Et, la charmante enfant, de sa bouche rosée
Prononça toute émue, un oui bien doucereux
Pour l'aimable jeune homme à l'instinct généreux
D'une nature riche, inflexible, embrasée.

Elle ne savait pas qu'à son âge le cœur,
Offert sans l'agrément et les conseils d'un père,
S'épanche aux doux propos des gens faits pour lui plaire
Et, sans réflexion, se livre à son vainqueur.

« En amour, la vertu, si Dieu ne la protège
« Cache l'impureté sous un manteau de neige
« Placé sous un soleil au regard souriant
« Et, se perd, fait le mal, ou se sauve en fuyant. »

Elle ignorait encore cette jeune vestale
Que la langue amoureuse est parfois bien fatale
A qui prête l'oreille à ses tendres discours
Jolis, plaisants, flatteurs, mensongers, agréables,
Et faits pour émouvoir, enflammer, rendre aimables,
Mais, d'où surgit un mal atroce pour toujours.

Elle aima, fut heureuse et son bonheur suprême
Fut d'entendre Bernard (nom de celui qui l'aime)
Lui dire : Ma péri, ma diva, mon Jésus ;
C'est toi, de tout objet, que je chéris le plus,
Et, brûlante d'un feu que l'amour attisonne
Elle donna son cœur sans consulter personne.

Content de son état, Françille, un jardinier,
Avait passé vingt ans dans les travaux rustiques
Sans éteindre, chez lui, les ardeurs frénétiques
De prendre une compagne et de se marier
Sitôt qu'il trouverait une jeune vestale
Prête à faire chez lui sa couche nuptiale
Partageant ses plaisirs, ses goûts et ses repas ;
C'était précisément ce qu'il ne trouvait pas;
Quand, un dimanche soir, un père de famille ;
Faible, et nommé Blondin; appela ce mortel,
Lui promit de le faire épouser par sa fille
Devrait-il, pour cela, la traîner à l'autel.

. . . .

Par un froid assez vif du quatorze décembre
Trois personnes, étant seules dans une chambre,
Causaient en attendant notre amoureux transi
De projets maritaux avec un grand souci

. . . .

Sache que la fortune est de toutes les choses
Celle qui sous nos pieds fait éclore des roses
Et nous met à l'abri des horreurs de la faim,
Disait à son enfant l'épouse de Blondin ;
Songe qu'elle est le Dieu des peuples de ce monde
Avides de brûler le plus léger encens
Sur l'autel où ce Dieu captive tous nos sens
Et se fait témoigner une amitié profonde.

Ma fille, écoute-nous, crois notre bon curé
Qui te dit si souvent que l'on trouve à son gré
Un homme serait-il d'une laideur extrême
S'il est bon, généreux et surtout s'il nous aime,

Et ce n'est pas la peau, ni les attraits mignons
Qui doivent nous tenter dans ce que nous voyons
De superbe à nos yeux des formes corporelles
Faites pour les tisons des flammes éternelles,
Non ! c'est le sentiment, c'est l'image de Dieu,
Le caractère noble et la bonne nature
D'un être dont les liens sont bénis au saint lieu
Qui doivent nous séduire et non pas sa figure.

Elle souffrait, cette nymphe aux yeux vifs
De voir son père acharné de la vendre
Sans méditer sur les puissants motifs
Fondés sur l'âme à cet âge si tendre
Où tout imbibe et réchauffe le cœur
De l'apparat des plaisirs de la vie
En nous montrant l'amour et le bonheur
Heureux ensemble éloignés de l'envie.

Enfin curé, père, mère, parents
Etaient unis pour déclarer la guerre
A cette fleur vivante de la terre
Dont les ennuis devaient être bien grands
D'ouïr un son ennuyeux à toute heure,
Lui répéter : Françille a des écus ;
La beauté passe et cela seul demeure
Pour remplacer l'amour, quand il n'est plus.

La sensible Blondine écouta sans rien dire
Les éloges pompeux que sa mère lui fit,
D'un honnête bigot banni de son esprit
Et joyeux de lui faire endurer le martyre.

. . . .

La mère n'avait pas fini son beau discours
Que Françille empressé de plaire à ses amours
Entrait subitement sans frapper à la porte
Paraissant ignorer comme l'on se comporte
Pour faire réussir un amoureux projet
Et, riait aux éclats, sans motifs ni sujet,
En leur disant : Voyez, comme la chose est drôle ;
Il ne m'est échappé qu'une seule parole
Touchant mon mariage arrêté depuis peu,
Et dont nous allons tous ce soir devant le feu
En reparler devant ma Blondinette même,
Que les gens du village ont la faiblesse extrême,
De causer de cela d'une telle façon
Que je semble être né pour demeurer garçon.

    A cet aveu notre ingénue
    Se lève et déclare souffrir
    D'une émotion inconnue
    Dont elle tremble de mourir.

Je sors, excusez-moi, dit-elle,
Si je vais prendre un doux repos,
C'est qu'une douleur bien cruelle
Me rend sourde à vos gais propos.

  . . . .

En vain, elle attendit qu'une mère chérie
Vint lui dire tout bas d'une voix attendrie
Ma fille, calme-toi ! cet homme te déplaît
Eh bien ! ne le prends pas si tu le trouves laid,
Trop froid ou trop baveux pour partager ta couche
Et pour jouir des dons de ta divine bouche.

Personne n'apparut auprès du frais minois,
Alors que, tout en pleurs, il était aux abois,
En écoutant la voix vibrante de Françille
Dire à Blondin : je suis si charmé de ta fille
Que pour te décider à m'accorder sa main
Je t'offre mille écus payables le matin
Du jour où j'entendrai les gens à la mairie
Crier : Venez donc voir, Blondine se marie
Avec le jardinier le plus gai du canton
Si, par ta femme et toi, j'obtiens ce doux tendron.

On accueillit ces mots avec un bon sourire :
Symbole du bonheur qu'ils avaient de souscrire
A des conditions faites pour les charmer
Mais, que leur chérubin ne devait pas aimer.

On fut joyeux, on rit, on but à perdre haleine,
En fixant le grand jour de l'hymen à quinzaine
Sans être soucieux de remettre à plus tard
L'époque des chagrins du malheureux Bernard.

> « Console-toi pauvre victime
> « Sous les reflets de ta beauté ;
> « Si plus tard tu commets un crime
> « Sur eux, ils l'auront mérité. »

Que je te plains, disaient à Blondinette
Les villageois, les jeunes gens surtout,
Toi si mignonne, être ainsi la conquête
D'un vieux poussif indigne de ton goût.

Que voulez-vous, si c'est ma destinée,

Je ne puis pas lutter contre mon sort,
Et, leur disant ceci, tout étonnée,
On aurait dit qu'elle épousait la mort.
Elle était merveilleuse au sortir de l'église
Quand un homme charmant, modeste dans sa mise,
Apparut à sa vue au moment solennel
Où le prêtre venait de la voir à l'autel
A côté de Françille, un malheureux brave homme,
Epris de son épouse et savourant l'arôme
Des fleurs mises à flots dans les cheveux touffus
D'un être prêt à fuir et coûtant mille écus.

Dans les bras de Bernard, Blondine fut jalouse
De déposer son cœur, sa couronne d'épouse ;
Là, joyeuse, chérie, elle disait tout bas
Que l'amour se donnait et ne se vendait pas.

JACQUES FONTAINE.

1er Février 1875.

NICE. — Imp. Niçoise (association ouvrière), Verani et Cᵉ
Boulevard du Pont-Vieux, 32.